KB094633

N O 아무도 O N E

글 **아델 타리엘** Adèle Tariel

커뮤니케이션학 석사를 마치고 잡지사에서 기자로 근무했다. 지구 환경 보호에 대한 인식을 환기하고자 본격적으로 책을 쓰기 시작했다. 환경뿐만 아니라 남녀평등, 소비 지상주의 등 다양한 사회 문제에 대한 작품을 꾸준히 쓰고 있으며, 2016년《나의 할아버지 미루나무 Mon papi peuplier》가 미셸 투르니에 수상작으로 선정됐다. 지은 책으로《엄마 북극곰》,《베를린 장벽이 무너진 날》,《화물선》등이 있다.

그림 **밥티스트 푸오** Baptiste Puaud

프랑스 방데에서 태어나 피보 아트 스쿨에서 일러스트레이션을 공부했다. 시적이면서도 단호한 시선으로 그만의 작품 세계를 펼쳐 나간다. 그린 책으로《아무도》,《누구야? Qui va là?》등이 있으며, 쓰고 그린 책으로《나 얼마만큼 사랑해?》가 있다.

옮김 **이찬혁** of AKMU

2014년 악동뮤지션으로 데뷔한 이래 꾸준한 음악 활동을 펼치며 대중에게 큰 사랑을 받고 있다. 삶과 예술에 대한 생각을 음악뿐만 아니라 소설, 번역 등 장르에 국한하지 않고 다양한 형태로 표현하고 있다. 그 표현의 일환으로 소설《물 만난 물고기》를 썼고, 이수현의 솔로곡〈ALIEN〉을 그림책 형식으로 풀어낸《에일리언》의 글을 썼다.《아무도》는 그의 첫 번역 작업으로, 팬데믹 이후 우리가 걸어가야 할 길에 대해 고민하고 생각해 보게 하는 작품이다.

# N O 아무도 O N E

글 **아델 타리엘** ㅣ 그림 **밥티스트 푸오**

옮김 **이찬혁** of AKMU

요요

공원에 아무도
수영장에 아무도
학교에 아무도

길거리에 숨 쉬는 게 아무도 없네
중앙 광장에는 아무 말도 없네

미술관에 아무도
지하철에 아무도
수도원에 아무도

아무 곳에 아무도 없네
참새들만 짹짹짹

영화관에 아무도
고속 도로에 아무도
카페에 아무도

바람과 나뭇잎이 춤을 추는데
시간이 멈출 듯 말 듯

회관에 아무도
공장에 아무도
도서관에 아무도

강물이 졸졸졸
풍뎅이 찌르르

공항에 아무도
호수에 아무도
복권 판매점에 아무도

갈매기가 훨훨
독수리가 펄럭
숨어 있던 동물들이 나왔네

해변에 아무도
편의점에 아무도
놀이공원에 아무도

쨍쨍한 햇빛이
아무도 비추지 않네

극장에 아무도
카지노에 아무도
초원에 아무도

텅 빈 세상에 찾아온 휴식

# 아무도

**초판 1쇄 인쇄** 2023년 2월 13일
**초판 1쇄 발행** 2023년 2월 22일

**글** 아델 타리엘 **그림** 밥티스트 푸오 **옮김** 이찬혁 of AKMU
**펴낸이** 김선식

**경영총괄이사** 김은영
**어린이사업부총괄이사** 이유남
**책임편집** 이효진 **디자인** 이정아 **책임마케터** 송지은
**어린이콘텐츠사업3팀장** 한유경 **어린이콘텐츠사업3팀** 이효진 전지애
**어린이디자인팀** 남희정 남정임 김은지 이정아
**마케팅본부장** 권장규 **마케팅5팀** 최민용 박상준 송지은
**미디어홍보본부장** 정명찬 **어린이홍보파트** 이예주 문윤정
**저작권팀** 한승빈 김재원 이슬
**재무관리팀** 하미선 윤이경 김재경 안혜선 이보람
**인사총무팀** 강미숙 김혜진 지석배
**제작관리팀** 최완규 이지우 김소영 김진경 양지환
**물류관리팀** 김형기 김선진 한유현 전태환 전태연 양문현 최창우

**펴낸곳** 다산북스 **출판등록** 2005년 12월 23일 제313-2005-00277호
**주소** 경기도 파주시 회동길 490 **전화** 02-704-1724 **팩스** 02-703-2219
**다산어린이 카페** cafe.naver.com/dasankids **다산어린이 블로그** blog.naver.com/stdasan
**종이** 신승지류유통 **인쇄** 북토리 **제본** 대원바인더리 **후가공** 제이오엘엔피

ISBN 979-11-306-9719-2 03860